Leopold Andrian

Der Garten der Erkenntnis

Leopold Andrian

Der Garten der Erkenntnis

ISBN/EAN: 9783743323889

Hergestellt in Europa, USA, Kanada, Australien, Japan

Cover: Foto ©Andreas Hilbeck / pixelio.de

Weitere Bücher finden Sie auf **www.hansebooks.com**

Der Garten der Erkenntnis.

Der Garten der Erkenntnis.

Von
Leopold Andrian.

Berlin
S. Fischer Verlag
1895.

Ego Narcissus.
Καὶ διὰ τοῦτο δρᾷ, ἵνα
πάθῃ, ὅ πάσχει, ὅτι ἔδρασεν.

(Ein Orphiker.)

Piu ch'un anima e alta e
perfetta Piu senti in ogni
cosa il buono ed il malo.

(Dante.)

Ein Fürst, dessen Güter an Deutschland grenzten, heirathete um sein zwanzigstes Jahr herum eine schöne Frau. Er war sehr verschieden von ihr, aber sie liebte seine Verschiedenheit als ein lockendes und verheißungsvolles Geheimniß, von dem sie glaubte, es werde sich eines Tages wundervoll enthüllen. Im zweiten Jahr ihrer Ehe gebar sie ihm einen Sohn, der im Heranwachsen seiner Mutter ähnlich wurde. In der folgenden Zeit ermüdete die Erwartung in ihrer Liebe, denn die Verschiedenheit zwischen ihnen blieb gleich groß. Zehn Jahre später erkrankte der

Fürst. In seiner letzten Zeit, als das Armband seinem Gelenk und die Ringe seinen Fingern zu weit wurden und sein Gesicht von Woche zu Woche wechselte, fühlte sie die frühere unruhige Liebe zu ihm, nur ohne die Hoffnung von früher, denn sie wußte, daß er sterben würde. Als er tot war, glaubte sie, nur sein Sterben habe ihr die Enthüllung des Geheimnisses geraubt, und sie trauerte um ihn. Aber der Erwin hatte ihre Hände und ihre Stimme; und der Klang dieser Stimme verwirrte und verkleinerte seltsam die Großartigkeit ihres Schmerzes. So kam es, daß sie ihn in's Convict gab.

Damals (er ging ins zwölfte Jahr) war der Erwin so einsam und sich selbst genug, wie niemals später; sein Körper und seine Seele lebten ein fast zweifaches Leben geheimnißvoll in einander; die Dinge der äußeren Welt hatten ihm den Wert, den sie im Traume haben; sie waren Worte einer Sprache, welche zufällig die seine war, aber erst durch seinen Willen erhielten sie Bedeutung, Stellung und Farbe.

Doch im Convicte war er den ganzen Tag mit dreißig Kameraden zusammen, von denen jeder seine Aufmerksamkeit erzwingen und in sein Leben eingreifen konnte. Dennoch mußten sie seiner Seele fremd bleiben und so schienen ihm ihre Eingriffe eine unerträgliche Willkür, sie aber fürchtete er als tückische Feinde. Trotzdem sah er ein, daß sein Leben in ihrer Gewalt war, und er begann über das Einzige, was er an ihnen zu verstehen glaubte, nachzudenken: über ihre Worte. Diesen legte er zu große Wichtigkeit bei und sie verwirrten ihn vollends; denn sie wechselten leichthin gesprochen; und ebenso wechselnd bedeutungsvoll und unverständ= lich waren ihm seine neuen Kameraden. Aber auch sein Leben, das von ihnen abhing, ver= stand er nicht; unvorhergesehen und grundlos kamen sogar seine Freuden: die Besuche seiner Mutter, ihre Briefe oder die Heiligenbilder, in denen der Duft ihrer Spitzen lag; grundlos in einem Dasein, dessen Gesetz nicht mehr aus ihm kam, war auch alles, was seine Seele dazu gab: manchmal ein Jubel am Schlitten=

berg zwischen endlosem, weißem Schnee und dem endlosen Blau des Himmels oder seine Traurigkeit an Sommerabenden.

Dieses Leben war wie eine fremde Arbeit, die er verrichten mußte, es machte ihn müde und den ganzen Tag freute er sich auf's Schlafengehen. Wenn dann oben im Schlafsaal die Lichter herabgedreht waren und seine Wange das kühle Kissen berührte, fühlte er einen Schauer der Befriedigung, wie ihn in der vollständigen Ruhe nur diejenigen empfinden, welche unglücklich sind.

Etwas später bekam der Erwin eine sehnsüchtige Neigung für alles im Leben um ihn, worin die Ruhe zu sein schien: Für die sanften Congreganisten, mit denen er sich befreundete, für die meditirenden Patres, denen man im Park begegnete, für die Functionen in der Kirche und besonders für die entlegenen Theile des Collegiums, wo versteckte Capellen namenloser Heiliger lagen und auch das Bad.

Am Abend vor seiner ersten Communion erkannte er, daß diese Ruhe von Gott kam, daß sie ganz nur in Gott zu finden sei und er gelobte Priester zu werden.

Von da ab wurde ihm sein Leben leichter, weil er es als unwirklich ansah und als Ahnung des wirklichen Lebens darin nur seinen Antheil am Leben der Kirche. Er dachte oft an dieses zukünftige Leben in Gott; es mußte sehr schön sein; denn schon in diesen Ahnungen fand er Schönheiten so verschieden, wie das Gemurmel der glorreichen Litaneien zu Ehren der Mutter Gottes an warmen Maiabenden verschieden ist vom Gedächtnis der Todten am Allerseelentag, oder von jenem Charfreitag im frühen Frühling, an welchem Priester und Volk vor den entblößten Altären zum bösen Holze beten, an welchem das Heil der Welt gehangen hat. Aber er kannte noch andere Schönheiten. Die Schlösser auf dem Land im Herbst waren schön und die Zimmer in der Stadt waren schön, wenn in ihnen geräuchert war, und die Wagen und das Geschirr der Pferde mit dem Silber der Wappen und die Pferde selbst, o die Pferde waren schön, die Schimmel seiner Mutter und die Goldfüchse und der Viererzug von Rappen; und viele, viele andere Dinge gab es, die nicht in Gott waren, die er nie haben würde, und die doch schön waren: die Schönheiten der Welt.

Das Leben würde ein Kampf der Kirche gegen die Welt sein. Aber seine Gedanken gaben diesem Zweikampf eine so vielfältige Höflichkeit, ein so erhabenes Ceremoniell, so gesuchte Formen, daß er fast zu einer Parade wurde, zu einem Vorwand für die beiden großen ebenbürtigen Gegner einander gegenüber zu stehen, die fremde Herrlichkeit zu bewundern, und an der fremden Größe der eigenen gewahr zu werden; so wie wenn von den Enden der Welt zwei Helden zu kämpfen kommen, der tapferste Held des Morgenlands und der tapferste Held des Abendlands, und sie sich begrüßt haben und mit gesenkten Lanzen und geöffneten Visiren fast des Kampfes vergessen, weil sie einander anschauen. Wie eine Vorahnung dieses einzigen Zweikampfes genoß er auch die verweichlichenden Freuden der Ausgangstage in Wien, genoß sie um so mehr, weil er sich wie der Gesandte eines fernen Königs in einem fremden Reich fühlte, dem er morgen den Krieg erklären wird, aber dessen festliche Aufzüge, Spiele und Schauspiele zu seinen Ehren er heute noch bewundert.

Damals war der Erwin meistens mit einem Polen zusammen, dem, so wie ihm, das Essen nicht schmeckte, und der immer von Zuhaus sprach. Eigentlich war ihm Lato, der ganz lichtes Haar und ganz lichte Augen hatte, lieber; aber der ging mit seinen Feinden. Diese hatten gemerkt, daß der Erwin sich vor ihnen fürchte, und deshalb überfielen sie ihn einmal am Schlittenberg. Sie warfen ihn auf den Boden und es gelangte dabei viel Schnee an seinen Hals; davon bekam er eine Lungenentzündung. Noch während seiner Reconvalescenz besuchten sie ihn, und da fand er, daß sie liebe Burschen und eigentlich gar keine Feinde seien.

Sobald er gesund war, fuhr er mit einem Pater nach Bozen. Den ganzen Tag freute ihn die Reise; nur des Abends, als in den Dörfern an denen sie vorbeikamen, die Lichter sich entzündeten, bereitete es ihm Schmerz nicht in diesen Dörfern leben, oder nicht wenigstens die Menschen, die in ihnen lebten, sehn zu können. Dann stieg in Innsbruck ein Officier ein, ein Lieutenant bei Kaiserjägern; er war nach Riva versetzt worden und diese Versetzung freute ihn, denn er hatte schon seit mehreren Jahren einen Husten, der nicht besser wurde. Er war sehr jung, nicht sehr elegant und von einer schüchternen und rührenden Höflichkeit; seine Art zu reden war etwas umständlich und er betonte ein wenig die tonlosen Vocale. Der Erwin hatte ihn gern. Als sie in Bozen ausgestiegen waren, sprachen sie von ihm; er habe die Schwindsucht, sagte der Pater und werde wohl bald sterben müssen. Die ganze Nacht dachte der Erwin an ihn und daran, daß er sterben müsse; es schien ihm grauenhaft, daß er ihm nie wieder begegnen solle; und plötzlich fiel ihm mit verzweiflungsvoller Reue ein, daß er nicht einmal seinen Namen wisse.

Drei Jahre studierte der Erwin in Bozen. In der ersten Zeit kamen ihm viele Erinnerungen aus Convict. Aber nicht diejenigen Dinge kamen ihm, welche ihm dort lieb gewesen waren; sein Leben trat vor ihn hin, das er damals verachtet hatte; es trat lockend hartnäckig, fast körperlich vor ihn hin und schaute ihn vorwurfsvoll und sehnsüchtig an; er sah die Fahrten nach Wien in den lärmenden Stellwagen, bei denen man sich freute, aber bei denen man fror; er sah die Uniform und die Kappe, an der man das Sturmband hängen ließ, weil das damals die Officiere thaten; er sah das Gas an den himmelblau getünchten Wänden brennen; er sah die Nachmittage der großen Feste, an denen niemand mit ihm ausging, und er nicht wußte, was er anfangen sollte und herumstand. Sehr oft sah er auch Lato, mit seinen lichten Augen und seinem lichten Haar, den er wenig gekannt hatte. Freilich war ihm dieses Leben jetzt auch von der Schönheit schön, die er zur Zeit, als er es durchlebte, in anderen

Erwartungen fand. Aber das merkte er nicht, und er sehnte sich in das Convict zurück zu kehren.

Trotzdem hatte er vieles in Bozen gern: die grünen Kirchthürme, den feuchten tiefen Klang der Glocken, die immer läuteten, und den Frühling, wenn die Obstbäume blühten.

Damals trat im Bozner Theater eine Sängerin auf, die aus den großen Städten kam und die es verstand, durch alle Wirklichkeiten eines stylisirten und gesteigerten Lebens ihre Rolle wirklich zu machen und dennoch gleichzeitig dieselbe Rolle als eine Lüge, als den Vorwand zu einer einzigen großen huldigenden Prostitution an die Zuschauer zu zeigen. Diese Zweiheit des Spiels färbte dem Erwin sonderbar ihren Reiz; denn ihre Gemeinheit, Lascivität und Hingebung wurden durch das Theater, die Musik und die Lichter zu einer großartigen schattenhaften insolenten Proclamation, aber das Gepränge und der Jubel auf der Bühne mischte sich mit dem Beifall der Zuschauer zu einem seltsam wirklichen und sehr hohen Triumph für sie und für ihren sehr kostbaren Leib. Ein Augenblick be=

sonders ergriff den Erwin immer. Das war, wenn gegen Schluß des Stückes das Orchester leiser und süßer wurde, und der Chor auseinander trat, und alle auf sie warteten und sie selbst vor die Lichter kam, brennend von Schminke, mit leuchtenden Augen und dem etwas faden Lächeln der Apotheose, und mit einer Rührung in der Stimme, an der ihn besonders rührte, daß sie erlogen war, die leichtsinnige und lügnerischen Moral ihrer Fabel in die Menge warf. Zufällig hörte der Erwin, daß sie im Leben alt und nicht schön sei; von da an war sie ihm noch merkwürdiger. Endlich entschloß er sich sie zu besuchen; er hatte dabei große Angst. Sie lebte in einem Zimmer mit einem Schauspieler zusammen; sie war wirklich nicht schön und sie war alt, aber dennoch war sie wie ein Mädchen.

Im ersten Schuljahr hatte der Erwin keinen Freund; nach den ersten Ferien kam Heinrich Philipp nach Bozen. Heinrich Philipp war eigentlich kein Oesterreicher, aber bei der Entthronung König Roberts, seines Verwandten, war sein Vater nach Oesterreich ausgewandert; in Wien hatte Heinrich Philipp bis zu seinem sechzehnten Jahr gelebt, und von Wien sprach er immer dem Erwin. Heinrich Philipp hatte drei Eigenschaften, die jeder der ihn kennen lernte, sogleich bemerkte wie drei leuchtende Edelsteine. Es war eigentlich eine Tugend und ihre Anwendungen. Er besaß die große Güte der Heiligen, die wie ein Verstehen des tiefsten Grundes in allen Wesen ist; höflich war er, indem er ihr jedem einzelnen gegenüber die passende Form gab und liebenswürdig, weil er so viel an die anderen dachte. Manchmal, wie ihn der Erwin besser kannte, schien er auch ganz verändert; es war als spräche er über den Erwin weg zu sich selbst zurück; dann erfuhr der Erwin Worte, die er nicht gekannt, und die Bedeutung anderer Worte die er nicht verstanden hatte; oder eigentlich erfuhr er nur, daß es eine Reihe von Geheimnissen gab, auch in dem was ihm geheimnißlos gewesen war, und daß es Dinge gab, die schlecht und verboten und zugleich reizvoll waren. Auch von Wien sprach Heinrich Philipp dann, aber in einem andern Ton wie sonst; und der Erwin verstand dunkel, daß eine Seite im Wiener Leben mit diesen verbotenen Worten irgendwie zusammenhing: die Opernbälle, die Sofiensäle, der Ronacher und das Orpheum und der Circus und die Fiaker.

Die Beschaffenheit seiner Erinnerungen an das Convict und der Umgang mit Heinrich Philipp bewirkten allmählich, daß der Erwin den Wechsel seiner Erwartungen in eine andere Forderung an die Zukunft kleidete. Er hoffte ihre Erfüllung von Wien und von der großen Welt; undeutlich dachte er an ein Leben, in dem man das Schönste was es gab, in den schönsten und vielfältigsten Formen genoß. Aber in der Ruhe seines jetzigen Daseins fühlte er manchmal einen seltsamen Drang nach Unruhe, halb Neugier nach Entdeckungen halb Lust, das was er sonst wollte, zu verneinen. Dieser Drang war nicht stark; aber er war doch froh zu wissen, daß es auch dafür in seinem zukünftigen Leben eine Befriedigung gab. Die würde er in den Dingen finden, von denen Heinrich Philipp so sonderbar und geheimnißvoll sprach: in den Opernbällen, in den Sofiensälen, im Ronacher und im Orpheum und im Circus und in den Fiakern.

Dennoch dachte er noch oft an's Convict, an seine Freunde und besonders an Lato.

Heinrich Philipp blieb nur einen Winter in Bozen; dann war der Erwin wieder allein; aber auch er sollte nach Wien kommen und im dritten Jahr wartete er schon ungeduldig darauf. Es freute ihn nichts mehr in Bozen, als die langen Spaziergänge mit einem alten Priester, der Physiker war und ihm aus seinem Leben erzählte und von seiner Wissenschaft sprach. Diese schien dem Erwin zwar bedeutungslos, aber dennoch hörte er auf die Erzählung von den Magneten, vom Wechsel der Farben und von der Anziehung der Stoffe, sowie er als Kind auf die Erzählung von Zauberern hörte, da er schon wußte, daß es keine Zauberer gab. Etwas wie ein Zauberer schien ihm der alte Priester, in dessen Macht es stand, durch Einwirkung auf das Laich der Thiere zwei Frösche für ihr Leben unzertrennbar zu verbinden.

Die Sommer dieser Zeit war der Erwin entweder auf dem Lande bei seiner Mutter oder er reiste mit seinem Hofmeister im Gebirg. Einmal auf einer solchen Reise in Tirol kam ihm Sehnsucht nach der Bukovina, zugleich mit der Erinnerung an einen Kameraden, der dort zu Haus war. Jetzt konnte er nicht hinfahren und damit ging ihm etwas unwiederbringlich verloren, das fühlte er; daß er die Bukovina später sehen könne, tröstete ihn nicht. Von diesen Sommern blieben ihm die langen Abende an den großen Kärnthner Seen in Erinnerung, die Abende an denen es nicht kühler wird. Auch die Menschen, die dort den ganzen Sommer zubrachten, fielen ihm wieder ein, Schauspielerinnen, Militärakademiker und junge Wiener Mädchen mit schönen weichen Gestalten in weißen Kleidern mit großen farbigen Seidenschleifen.

Als der Erwin nach Wien kam, war er siebzehn Jahre alt; bald nach seiner Ankunft fuhr er ins Convict hinaus. Bei dieser Gelegenheit versprachen ihm mehrere Kameraden, sie würden ihn zu Weihnachten besuchen. Darauf freute er sich und besonders auf Lato; aber er wartete ebenso ungeduldig auf einen Neueingetretenen, den er jetzt erst kennen gelernt hatte; das war ein häßlicher Bub mit großen Augen, der schlecht lernte, und weil er nicht reich war Officier werden wollte, um zu einem Erzherzog zu kommen.

Der Erwin besuchte die Kameraden öfters in den ersten Monaten, aber allmählich vergaß er sie und liebte nur mehr Wien. Er liebte die großen Barockpaläste in den engen Gassen und die tönenden Inschriften an unseren Monumenten und den spanischen Tritt der Pferde und die Uniformen der Garden und den Burghof an Wintertagen, wenn die laute und prunkende Musik wärmend und lösend durch die Glieder der Menge zieht, und er liebte die großen Feste, die alle feiern und besonders jenes Frohnleichnamsfest, an welchem der gebenedeite Leib unseres Herrn und Heilands Jesus Christus mit nicht minderem Glanz und unter nicht minderem Jubel zu uns kommt, wie einstmals in jenen festlichen Tagen Kaiser Karl der VI., da er bei der Rückkehr aus seinen hispanischen Landen in seine allergetreueste Reichs-Haupt- und Residenzstadt Wien einzog.

Dem Erwin gefielen auch die Auslagen der Geschäfte mit dem einfarbigen Drap von Wagendecken oder dem dunkeln Battist der Taschentücher zwischen lichten blühenden Seiden; ihm gefielen die Viererzüge von Rappen zwischen den rosa Blüthen des Praters; ihm gefiel es, daß die Fiaker so elegant waren, wie seine Freunde, und seine eleganten Freunde gefielen ihm mit der hoch und nachläßig gezogenen Linie ihres Lebens; aber am besten gefiel ihm, daß sie manchmal die ganze Nacht bei einer Dorfmusik tanzen konnten und über ein Wort froh werden, oder bei den Gedanken, daß sie Wiener seien und daß in Wien sogar die Drehorgeln auf der Straße richtig spielen. Es schien ihm die Wiener Art den anmuthigen stets weiter lockenden Reiz eines Lichtes zu haben, von dem man nicht weiß, ob zwei Farben in ihm sind, die beständig in einander gleiten oder eine Farbe, die in allen ihren Tönen schillert.

Oft berauschte ihn das Gefühl der vielen, vielen Genüsse, die ihm Wien noch aufbewahrte und der Gedanke, daß unter ihnen das Geheimniß war, in dem der Grund dieses Reizes lag. Damit beschwichtige er auch den Drang nach dem „Andern", der ihn stärker und häufiger wie in Bozen überkam; denn alle Dinge, in denen es zu finden war, lagen ja in seinem Bereich: die Opernbälle, die Sofiensäle, der Ronacher und das Orpheum und der Circus und die Fiaker. Er sagte das „Andere" und hatte dabei das Gefühl, nach irgend einer Richtung erstrecke sich eine Welt, in der alles verboten und geheim sei, gleich groß mit der die er kannte. Besonders die Fiaker schaute er mit einer eigenthümlichen ängstlichen Aufregung an. Manche sahen den jungen Herren sonderbar ähnlich; daß in dieser Aehnlichkeit der Gegensatz lag, mußte mit der Beschaffenheit des „Anderen" zusammenhängen. Einer besonders gefiel ihm, wenn er im Frühling in den Prater

fuhr; seine Pferde hatten Bouquetten von Veil=
chen im Geschirr, er aber saß da, etwas nach
vorne gebeugt, die Zügel hoch und weit aus=
einander gehalten, mit einer gesuchten Geberde
der Arme, starr und doch seltsam lebend, wie
eine graciöse und etwas manierirte Zeichnung
in der manierirten Eleganz seines Zeugels.

Im Juni des zweiten Jahres lud den
Erwin ein Freund ein, mit ihm und mit ein
paar Fiakern zu einem Heurigen hinauszu=
fahren. Sie blieben die ganze Nacht dort, an
einem der kleinen Tische zwischen den Akazien,
deren Duft für sie eins mit der Musik wurde;
aber der Erwin fand nicht in den Fiakern,
was er von ihnen erwartet hatte; sie glichen
wirklich den jungen Herren, nur wie ihr Styl
in der Kleidung, so waren auch die Gegen=
sätze ihrer Seelen stärker herausgearbeitet. Sie
konnten noch kindlicher sein und die Formen
ihrer Höflichkeit waren zarter aber ver=
schnörkelter.

Manchmal in den Ferien fiel dem Erwin
ein, daß ihm die Fiaker das „Andere" nicht

gezeigt hatten; auch die Welt verlor ihren Reiz für ihn, da ihr keine andere Welt, die sie verneinte, entsprach. Im Herbst, eh' er in die Stadt ging, war er viel auf den Bergen; es war ihm, als habe er auf den Almen und Sennhütten, durch die er kam, etwas zurückgelassen oder vielmehr mitzunehmen vergessen; er fürchtete sich vor der Stadt, in der man den Herbst wie einen verwüsteten Sommer empfindet.

Kurz vor Weihnachten befreundete sich der Erwin mit einem seiner Mitschüler, den er die vorhergehenden Jahre nicht beachtet hatte. Der Clemens war arm und sehr einfach; er war neugierig, verdorben wie ein Gassenbub und fast pathetisch unschuldig; alles in seinem Gesicht war hell, bis auf die schwarzen Ringe um seine Augen. In seinem lichten Haar, das matt aussah, wie wenn es gepudert wäre, im weichen Reichthum der bewegten Linien seines Gesichtes und unter seinen Augen vor allem lag die rührende Schönheit der späten Zeiten. Er hatte die Stimme jenes Officiers, mit dem der

Erwin nach Bozen gefahren war; aber er glich ihm nicht. Der Erwin liebte es ihn anzuschauen und seine Stimme zu hören; mehr noch freilich liebte er es, im Frühling mit ihm in den Prater zu fahren, oder ihn mit seinen ehemaligen Freunden zusammen zu bringen, die ihn nicht verstanden. Er liebte es auch ihn mit neu erfundenen Parfüms zu besprengen oder ihm jene Dinge zu schenken, deren Schönheit man, weil sie überraschend und unharmonisch ist, Eleganz nennt: jene Stoffe und Gewebe aus Paris, seltsam in Zeichnung und Farbe und goldene Armbänder und Cigarettentaschen aus Silber oder Stahl mit einem ganz kleinen Wappen darauf oder einem großen Namenszug. Oft gingen sie auch zu den Heurigen vor die Linie und zu den großen Militärkapellen; beide ergriff die schlechte Musik der Walzer mit ihrem ewigen Einerlei von Süße und Gemeinheit; und aus den weichlichen und aufreizenden Gesängen einer Cultur, die sich bespiegelt, kam ein einschmeichelndes Gefühl dumpfen Glückes über Clemens und über den

Erwin: eine Liebe ihrer selbst oder eine Liebe zu einander oder eine Liebe zu allem, was sie geliebt hatten, oder eine Liebe zu diesem österreichischen Vaterland, das ja alles gab und vor dem kein Entrinnen war.

Dann kam die Zeit des ersten Frühlings, die den Erwin immer müde machte und in der er schlecht aussah, aber dieses Jahr schlechter wie sonst. Im zweiten Theil des Frühlings, in dem die Gärten schön sind, ging er nach Schönbrunn oder Laxenburg oder in den Volksgarten, aber immer allein. Dann sprach er Verse, deren Inhalt mit ihm nichts zu schaffen hatte, aber deren Klang ihn bewegte. Und in diesen kraftlosen Versen Bourget's kamen zwei Worte immer wieder und gaben ihn immer wieder einen Schauer, in dem jetzt vereinigt das Versprechen aller Hoheit und aller Niedrigkeit lag, die er früher getrennt gesucht hatte. Das waren die Worte „Die Frau" und „das Leben".

Als der Duft der Akazien den Duft des Flieders zu übertönen begann, starb kurz vor Erwins Matura auf einem Schloß in Niederösterreich Lato. Der Erwin fuhr zum Begräbniß hinaus; er wunderte sich selber, daß er ganz kalt blieb, sogar beim Anblick der Leiche.

Nach der Matura waren Erwin und Clemens noch drei Tage mitsammen auf dem Land. Die letzte Nacht blieben sie in einem Bahnhof= hotel in Bruck, denn Clemens' Zug ging erst um drei Uhr des Morgens. Das Aufstehen war unangenehm und es wurde kalt; beide waren unruhig und fürchteten, etwas zu vergessen; hastig durcheinander tranken sie Thee und Cognac. Auf einmal überkam dem Erwin das Gefühl einer großen Armuth; es war ihm, als habe sein Freund alle Reichthümer in sich und nehme sie mit sich fort; aber auch die Zeit ihres Zusammenseins schien ihm nichts von diesem Reichthum empfangen zu haben; er ver= zweifelte; sie war so schlecht genützt und er hätte sie ganz um eine weitere Stunde von jetzt gegeben. „Clemens", sagte er. Clemens verstand ihn, aber er konnte ihm nicht helfen; einen Augenblick standen sie sich gegenüber in ihrer unfruchtbaren Schönheit, von der sie ein=

ander nichts geben konnten; dann schaute durch das Fenster die Landschaft herein, Getreide, Wiesen und Himmel, jedes in seiner Farbe, aber unnatürlich wach, in einem Reiz, dessen Ton zu hoch gespannt war, denn noch schien keine Sonne. Dann begannen ihnen die Kerzen aufzufallen.

Auf dem Land kam Erwin vieles aus seinem bisherigen Leben wieder und rührte ihn: Abende, an denen er mit Clemens im Theater gewesen war, Spaziergänge mit seinem Hofmeister in Schönbrunn und die Morgen der Beichttage, an denen er früh aufstand. Manchmal erschien ihm Clemens im Traum, aber selten so, wie er war; meistens war eine Seite an ihm gesteigert, er war verdorbener oder ärmer oder trauriger oder von einer anderen Schönheit. Es rührte den Erwin auch die Erinnerung an den Hof seines Gymnasiums und an die Straßen, durch die er in's Gymnasium gegangen war, und die Lithographie des Kaisers im Schulzimmer seines Gymnasiums. Noch immer berauschte ihn der Ton seiner eigenen Stimme und der Klang der Verse berauschte ihn. Aber er suchte jetzt eine Beziehung zwischen ihrem Inhalt und diesen Erinnerungen, denn er wußte, daß diese Erinnerungen sein Leben waren. Dennoch lag in ihrer weichen, traurigen Schönheit nicht dasjenige, was ihm sein Schauer und und die Worte des Dichters vom Leben versprachen: Schmerz und Jubel, Erhabenheit und Gemeinheit und die ganze Fülle dessen, was Himmel und Hölle birgt, aber so vermengt, in einer solchen Bewegung durcheinanderfließend, so eins durch sie, daß man das Ganze als eine geheimnißvoll zitternde Glorie empfand. Das aber lag nicht in seinen Erinnerungen, und er begann allmählich zu glauben, daß durch das zweite Wort, daß durch die Frau eine Offenbarung über ihn kommen und das Leben wundervoll gestalten und es erhellen würde, eine Offenbarung, für die das ganze Leben nur die Form und das vorhergehende nur die Vorbereitung war. Und darum, meinte er, rührte es ihn auch, so wie ihn als Kind die stille Jugend des Heilands zu Nazareth ge=

rührt hatte, von der er wußte, daß auf sie der königliche Einzug in Jerusalem folgen müsse und die Traurigkeit am Oelberg und die Einsamkeit des Charfreitags am Kreuze und der Ostersonntag, an welchem Er auferstand und die Pforten der Hölle überwältigte.

Der Erwin wartete nicht ungeduldig auf diese Offenbarung, ihm genügte das Bewußtsein, daß sie kommen werde.

In die Stadt zurückgekehrt, litt er unter Wien. Denn was immer zu Wien gehörte, empfand er jetzt als bedeutsam; die Wesen und Dinge hatten jedes einen Sinn für sich und eine andere Beziehung zu ihm; er fühlte sie jetzt nur dumpf, aber er wußte, daß sie ihm nach der Erleuchtung klar und kostbar werden würden; und so suchte er mühselig zusammen zu raffen, worauf sein Auge fiel, um es für den großen Augenblick aufzubewahren. Er war wie ein Jüngling in der Höhle, in der sich alle Schätze der Welt zu verschiedenfarbigen Erden verzaubert befinden; das eine Wort, das sie verwandelt, wird ihm ein gottesfürchtiger

Greis sagen; aber er darf in der Höhle nur wenige Augenblicke bleiben und weil er das Wort nicht weiß, so weiß er nicht mit welchen Erden er sich beladen soll, denn alle sind ähnlich, obwohl die einen Bernstein, Corallen, Onyx, Jaspis, Chrysopras geben und andere Metalle und einige Diamanten und manche Agate, Türquise, Saphire, Aquamarine und eine die schwarzen, grünen, blaßgelben, rosigen, milchfarbenen Perlen und wieder eine die Opale, die er so sehr liebt.

Alles hatte seine sinnreiche Schönheit: die Cathedralen des Mittelalters und die großen gelben Barockkirchen, deren Heilige an Sommertagen sich lässig in den blauen Himmel hinaufwinden und die kleinen mittelalterlichen Kirchen im Gewirr der Häuser und die armen Kirchen der zwanziger Jahre in der Vorstadt. Alle Heiligenbilder waren schön, die goldenen geschnitzten Heiligenbilder die niemals leer stehen, und die Heiligen auf den lärmenden Brücken, leuchtend von Blumen, Licht und Farbe und die stillen Heiligenbilder, die in die Häuser eingelassen sind, in welchen die Dirnen wohnen;

alle Häuser waren schön: die schwarzen Paläste mit ihren Dianen und Apollen, die einstöckigen farbigen Häuser der Vorstadt, in denen man des Abends leben sah und die kleinen Schänken auf dem Land mit dem verwischten Oelbild eines Feldherrn oder eines Künstlers und die Häuser mit riesigen Höfen und gewundenen Durchgängen und einem Gewirr von Stiegen, und die neuen großen Häuser zwischen ihnen, auf deren kahlen Wänden in der Dämmerung die riesigen bunten Inschriften der Reclame leuchten; und alle Gärten waren schön, die festlichen Gärten der Schlösser mit Statuen, Trophäen und viereckigen Teichen und die öffentlichen Gärten voll Blumen und Musik, und die verstaubten Gärten der Vorstadt, in denen Soldaten und Mädchen mit offenem Mund schlafen; nnd alle Musik von der die Stadt durchflossen war, hatte ihren Sinn, auch die seltsame Musik der Werkel, vor denen man stehen bleibt und von denen die Walzer des Frühlings verödet und traurig in Herbst erklingen. Und alle Menschen hatten ihren Sinn; alle Officiere, die eleganten

Gardisten und die Anderen, die das Haar tief in die niedrige Stirn tragen und die Einfachen die nicht elegant sind; und alle Soldaten und vor allem die großen ernsten tragischen Bosnier; und die Gesichter aller Völker des Reiches, die treuen manchmal leise leidenden Gesichter der Böhmen und die Slovacken mit ihren starren, tiefen sehnsüchtigen Augen. Manchmal überkam den Erwin eine große Neugier nach den Menschen, die seiner Ahnung von ihrer Verschiedenheit und seiner Ahnung von der Mannigfaltigkeit des Daseins entsprang; er empfand sie als den Wunsch, vom Zufall der Straße geleitet, aus den Zügen, Geberden und Worten der Menschen ihr Leben zu entnehmen. Aber das kam ihm wie eine Gottlosigkeit vor, wie die Versuchung ein übernatürliches Geheimnis auf natürlichem Wege zu ergründen.

Zwischen diesen Stunden des Reichthums kamen andere der Oede die so unerträglich für seine Seele waren, wie es für's Auge ist, in's Leere zu schauen. Einmal in Schönbrunn überkam ihn diese Oede besonders stark, indem ihm nicht blos die Dinge nichtssagend erschienen, sondern auch seine Gedanken von sonst an ihm abglitten, auseinanderliefen und ihn allein ließen. Wenige Tage später freilich an einem Januarabend fühlte er dort den unsagbaren Reiz einer Statue, auf der sich zwei Frauen umschlungen hielten; hinter ihnen stieg über wenigen Sternen ein hoher grauer Himmel auf, die Erde war weiß von Schnee, nur etwas Licht von einem verwischten Mond fiel auf sie.

Manchmal konnte der Erwin Tage lang wieder Neigung und Mitleid für Clemens empfinden; einmal versuchte er mit ihm zu reden; aber ihr Gespräch war unheimlich; es ging ohne sie weiter, gleichzeitig mit ihren Gedanken aber einen andern Weg, und ihre Worte klangen anders als sie gesprochen waren.

Ein Jahr später lebte der Erwin mit einer Frau. Sie war schön von der Schönheit der späten Büsten bei denen man einen Augenblick zweifelt, ob sie uns einen jungen asiatischen König zeigen oder eine alternde römische Kaiserin; und dieser Schönheit hatte sich die Bewunderung der Fürsten der Künstler und der Menge seit zwanzig Jahren aufgedrückt; sie glich einer Triumphsäule ihres eigenen Lebens, der das Unzählige eingeprägt war, was man von ihr erhofft und in ihr gefunden hatte, und darüber in prunkvollen Zügen das große herrliche Schicksal, das ein solches Leben ist. Besonders ihr Lächeln war voll davon, ihr schönes Lächeln, das beständig von ihren leise geöffneten Lippen sickerte und wie ein wundervolles Almosen an die Menge vermengt mit dem Duft ihres grauen Ambras hinter ihr zog, wenn sie über die Straßen ging oder über die Stiegen der großen Theater.

Alle Wunder die der Erwin von der Offenbarung erwartet hatte, waren in ihr, aber er fand keine Offenbarung. Wenn ihm sein früheres Leben eine Ahnung davon zu geben schien, so war sie ihm die Geschichte davon: die Geschichte in der alles was leuchtend war glänzend wird, und auch das niedrige groß aber vieles von dem was uns Weisheit schien, nur geistreich.

3*

Einmal an einem Maiabend ging der
Erwin durch die Stadt; es regnete, er fühlte
Sehnsucht nach der Fülle der Erlebnisse, deren
Möglichkeit in ihm war. Zuerst kam er durch
enge Gassen, in deren Thorwegen Mädchen
standen. Jede Farbe an ihren Sommerkleidern
leuchtete einzeln und schmeichelnd im milden
Grau. Aber dann ging er an Gärten vorbei;
in diesen begannen die Pflanzen zu duften und
es waren zu viele; ihre Düfte hatten sich noch
nicht gemengt, streiften einander und wollten
sich vereinigen. Dann gelangte er in die Vor=
stadt; aus einem niedrigen Haus floß Gesang
und Musik vermengt auf die Gasse; an die
Fenster hinter deren rothen Vorhängen man
helles Licht sah, preßten seltsame Kinder ihr
Gesicht. Der Erwin ging hinein. In einem
kleinen Zimmer, dessen Luft blau von Rauch
und schwer vom Athem der vielen Menschen
war, sprach beinahe, gleichgültig, fast traurig,
ein junger, magerer, geschminkter Mensch mit
scheuen Augen, im Frack mit gebranntem
Haar, die jubelnden Lieder der Schrammeln.

Dann sang eine Frau mit bloßen Schultern Gesänge auf Wien. Und wie sie das zweite Lied sang, begann die Melodie durch die Glieder der Menschen zu rieseln; sie neigten ihr Haupt auf die Seite, ihre Lippen öffneten sich, und wie verzaubert von Liebkosung starrten ihre Augen; und wenn der Walzer lockend und lächelnd pochte, so lächelten sie ein wenig geziert, und wenn der Walzer rührend und süß zerfloß, so wurden sie willig sich hinzugeben. Nur die bosnischen Soldaten an einem getrennten Tisch in der Ecke beim Crucifix blieben ganz ernst. Ganz ernst blieb auch Einer, der neben dem Erwin saß. Nur von Zeit zu Zeit sah er den Erwin an und als man ihm seinen Wein brachte, reichte er das Glas dem Erwin, damit er zuerst daraus trinke. Als ihm dann der Erwin eine Cigarette gab, schien sein Körper in seltsam schmeichelnder und demüthiger Dankbarkeit kleiner zu werden, indeß sein Auge flehend aber ruhig zum Erwin sah. Und während ihm der Erwin in's Gesicht schaute fiel ihm plötzlich dessen Gegensatz, das Gesicht

seiner Geliebten ein, mit geschlossenen Augen
wie eine Maske unter dem Helm ihrer gold=
farbenen Haare in der öden und hochmüthigen
Schönheit des Todes. Im niedrigen Gesicht
des Fremden war Sanftmuth und Bosheit,
Furchtsamkeit und Drohung und das ganze
Leben, aber wie im Leben zugleich; denn es
änderte sich nicht, wenn er sprach, nur sein
Körper wand sich wie unter einer inneren Be=
wegung, die ihn überwältigte. Seine Ge=
berden waren weit, als wollte er Vieles sagen,
aber kraftlos und lässig, als sei er zu schwach
dazu. In seinen gelösten Gliedern war die
Weichlichkeit Eines, der des Morgens erwacht;
aber seine Kleider waren dürftig sein Hals
blos und ihn fror nicht Als der Erwin
hinausging, kam ihn der Fremde nach und
bat ihn um Feuer; sie gingen durch die Vor=
stadt gegen die Bahnen zu und der Fremde
erzählte sein Leben; der Erwin wußte, daß
er log, aber er wußte auch, daß in dieser
Lüge irgendwie die tiefe dunkle vielfältige
Wahrheit lag. Endlich waren sie draußen wo

das Land anfängt, dessen farbloses zertretenes Gras von Planken umschlossen wird. Der Fremde fragte ihn, wohin sie gingen; das wußte der Erwin nicht und er bekam Angst und wandte sich gegen die Stadt zu. Der Fremde bettelte ihn um ein Almosen an.

Bald darauf wurde der Erwin zwanzig Jahre alt. Um diese Zeit bedrückte es ihn, daß er die Lösung des Geheimnisses vom Leben nicht gefunden hatte, und um sie zu finden, beugte er sich tiefer und ängstlicher über seine Vergangenheit. Da wurde ihm Vieles klar. Er bekannte, gefehlt zu haben, indem er das Wunder des Lebens in etwas anderem als wie im ganzen Leben selbst gesucht hatte, im Leben, das immer gleich wundervoll ist, weil es sich selber gleich bleibt, da es morgen sein wird, wie es gestern war, weil es ja heute nicht anders ist. Darum auch, weil jedem sein Leben das einzige Wunder war, konnte keiner dem andern eine Offenbarung darüber geben, noch von einem andern eine Offenbarung darüber erlangen. Er hatte das Geheimnis mit der

Gewähr für dessen Lösung verwechselt, als er diese Lösung aus den Menschen erwartete. In ihnen lag das Geheimnis, oder es lag vielmehr darin, daß alle Menschen, unerkannt und andere nicht erkennend, fremd durch die Rüstung ihrer täglich sterbenden Schönheit vom Leben in den Tod gehn. Jetzt bekamen seine Erinnerungen einen gesteigerten Wert für ihn; sie waren früher rührend gewesen, jetzt wurden sie ihm erhaben und kostbar; sie waren ja sein einziges Erbtheil, sie waren sein Leben und dieses Leben war die Quelle der Schönheit; denn die Menschen, deren Erinnerung ihn bewegte, bewegten ihn nur, weil er an ihnen gelebt hatte, und es bewegten ihn ebenso die Häuser, auf die sein Fenster ging, oder die Straßen, durch die er geschritten war.

Trotzdem ergriffen ihn die Lippen, die Augen und die Haare vieler Menschen, denen er begegnete; aber er sprach nicht mit ihnen und war meistens allein.

Denn es schien ihm die königliche Verschwendung des Daseins und die unsagbare

Erhabenheit der Seele in solchen Begegnungen zu liegen; es war wunderschön, daß der einsame Tod, welcher das Leben ist, uns nicht verhindern kann, eine fremde Schönheit, die wir nicht verstehn, die sich uns nicht enthüllen und uns nichts geben wird, nur weil sie schön ist, zu bewundern; es war wunderschön, daß wir, obwohl Menschen dennoch Künstler sind, Künstler wiederum darin, daß wir nicht einmal klagen, wenn uns diese Schönheit entgleitet, sondern sie grüßen und über sie jubeln, weil uns ein Schauspiel mehr wie unser Schicksal ist.

„Das Fest des Lebens" sagte er; es war wirklich ein Fest, dessen erlesenste Vornehmheit darin bestand, daß es keinen Zuschauer hatte; jenen Festen des siebzehnten Jahrhunderts glich es, in dunkeln Winternächten zwischen Spiegeln und Lichtern, jenen Festen, die so groß und feierlich waren, daß man darüber die Freude vergaß; jenen Festen, auf denen man sich nur einmal begegnete und mit manierirt verflochtenen Fingerspitzen langsam umeinander drehte und sich lächelnd in die Augen schaute und dann mit einer tiefen bewundernden Verbeugung von einander glitt. Manchmal freilich schien ihm darin noch immer nicht der Sinn des Lebens zu sein und er dachte an andere Feste, an das Ende anderer Feste, an die großen Feste der maßlosen Freude, die heilig ist, wie der Schmerz, an die Feste Alexanders des Großen zu Persepolis und zu Babylon.

Einmal im August stieg er auf einen hohen Berg; er ging den ganzen Tag und als der Abend nahe war, kam er auf eine Alm; weil es schon spät war, mußte er dort übernachten. Sehr bald ging er hinauf in die Dachkammer über dem Heu, wickelte sich in seinen Mantel und schlief ein. Aber nach einer halben Stunde wachte er auf; es war sehr heiß, er ging ans Fenster und öffnete es; auf einmal war ihm, als habe er unten Schritte gehört, und gleichzeitig überkam ihn der Wahnsinn des Erlebnisses, den die heißen Nächte bringen. Er stieg die Leiter hinunter und ging übers Heu, dort schliefen Senner und Führer; man sah von ihnen nur die lichten Flecken der Taschentücher, die sie über das Gesicht gelegt hatten, nur manchmal wälzte sich einer von ihnen um oder seufzte, oder stöhnte ein Wort; unten aber brüllte das Vieh stoßweise und schmerzlich und lief voll Angst umher. Im Freien schaute er sich um; die ebene Wiese, auf der die Hütte lag, stieg in langsamen Wellen gesättigt von der Schönheit der körperlosen Linie in die Spitzen der Berge über; nur zwei Farben waren auf ihr, das Gras welches fast gelb und die Bäume welche fast schwarz waren; aber ihr zartester Reiz lag darin, daß weder die Ebene gelb noch die Bäume schwarz waren, nur aus ihrem Verhältnis ahnte man ihre Farben. Der flache Himmel über ihr war üppig blau, seine vielen Sterne zitterten wie Steine, die aus ihrer Fassung brechen wollen und wie ein kostbares Kunstwerk, nichts weiter, starrte zwischen ihnen die Mondsichel. Aber die Luft! Es war eine Luft die man fühlt, eine körperliche Welt zwischen den Welten von Himmel und Erde, eine Luft wie die Gestalten der Morgenträume die uns nicht berühren und durch die wir dennoch sündigen.

Lange blieb er stehen und wartete, doch es kam niemand und so ging er hinauf und legte sich wieder hin. Da aber fielen ihm Alle ein, die er jemals geliebt hatte, und während er lang= sam, langsam müder wurde, wurden die Bilder immer körperlicher und wollüstiger; sie bewegten die Glieder und lockten und lächelten und be= gannen zu tanzen und der Wechsel in den Figuren ihrer Tänze vermengte sich mit dem Wechsel der Häuser und Zimmer in denen sie sich ihm gegeben hatten. Da bemerkte er, daß er einschlafe, und das wollte er nicht; müh= selig kämpfte er mit den Erscheinungen. Plötzlich zuckte über die Wand der Schimmer einer Laterne, etwas schweres schlug gegen das Holz und jemand hustete. Es mußte ein Fenster an der Wand sein und eine menschliche Gestalt bei diesem Fenster und diese Gestalt kam seinetwegen und sie wartete auf ihn.... Aber wie er ein Licht anzündete und die Wand beleuchtet hatte, war kein Fenster da; ein Spiegel hatte ihn ge= täuscht, ein kleiner Spiegel aus Goisern über dessen vergoldeten Rahmen das Mondlicht ge=

fahren war, wie ihn der leise Wind der sich
erhoben hatte, gegen die Wand warf. Hin=
legen wollte er sich nicht mehr; dieser Wind
mußte auch den Morgen bedeuten und zitternd
vor Begierde lehnte er an die Wand, und seine
Seele genoß die Erinnerung an die Lust seines
Leibes und gestand, daß es der wahrhaftigste
Drang des Menschen sei, seinen Leib an den
Leib eines andern Menschen zu pressen, weil in
dieser geheimnisvollen Vernichtung des Daseins
eine Erkenntniß ist. Dann stieg er hinunter
und weckte die Führer. So lange sie in der
Nacht weiter gingen, waren ihre Gesichter groß
und geheimnisvoll, aber als es Morgen wurde,
und die Mondfarbe der Berge sich in ein tiefes,
feuchtes verwischtes Blau verwandelte, wurden
sie häßlich und widerwärtig.

In der folgenden Zeit war die Erinnerung
an diese Nacht dem Erwin unangenehm; er war
gefallen und doch konnte es für einen Menschen,
welcher das Leben mit dem Maßstab des Lebens
abmaß, keinen Fall geben.

Im September sollte er zu seiner Mutter nach Italien reisen; vorher ging er noch für eine Woche nach Wien und das freute ihn nicht; dennoch war er grundlos und maßlos gerührt, als ihm am ersten Morgen in einer häßlichen Straße der Siebzigerjahre eine Schaar von Gymnasiasten begegnete. Am selben Abend stand, als er um die Ecke zweier Gassen ging, der Fremde vor ihm, mit dem er im Frühling sehnsüchtig nach Erkemtnis gegangen war; der Fremde grüßte ihn demüthig; sein Gesicht und seine Geberden waren so verschieden von einander und so geheimnißvoll wie bei der ersten Begegnung, aber er sah ärmlicher aus, und die scheue Ruhe in seinem Blick war drohender. Und im Erwin vermengte sich die erwartungsvolle Neugier mit welcher er zuerst ihn ansprach mit der seltsamen Angst, die ihn vor der Stadt den Fremden verlassen hieß. Als er dann an ihm vorübergegangen war, wurde diese Angst nur banger durch seine Erwartung und durch seine Neugier; was war es, das die Menschen trotz ihres einsamen Lebens dennoch verband, worin lag dieses lockende und drohende Geheimnis im Leben, welche Gewalt hatte Macht über ihn und warum kannte er sie nicht? Unter dem Eindruck dieser Begegnung veränderte sich dem Erwin in der folgenden Zeit die Stadt; ihre Vielfältigkeit, die ihn früher bewegte, verwirrte ihn jetzt und drohte ihm. An einem sehr heißen Tag fürch= tete er sich vor der Musik, die in allen Straßen war; es schien ihm, als sei die Stadt damit wie mit einem trügerischen Gift durchtränkt, das einen schläfrig und wehrlos machen sollte. Den andern Tag erschreckten ihn die Augen der Menschen: alle waren zu leuchtend, zu groß und zu weit offen und alle richteten sich auf ihn. Nur einmal vor seiner Abreise wurde er stark ergriffen; das war auf einer kleinen Station in der Nähe von Wien; durch den Bahnhof fuhr ein Zug, aus dessen Fenstern junge Burschen herausschauten, die einrückten; ihre blassen Ge= sichter glänzten und sie sangen und hatten lichtes Laub auf ihren blauen Deutschmeisterkappen.

Mit der wachsenden Sehnsucht nach seiner Mutter nahm seine Unruhe ab. Irgendwie, das mußte er jetzt, würde ihm aus ihr eine Lösung des Geheimnisses werden. Und diese Sehnsucht war sehr wohlthuend, denn schon in ihr lag die Beruhigung, welche er von der Ersehnten erhoffte; so wie man sich, wenn man müde ist, nach dem Schlafe sehnt, von dem man weiß, daß er sicher kommen wird, weil er schon halb über einem ist. Seine Mutter sah er jetzt, wie sie ihm einmal in seinem neunten Jahr während einer langen Krankheit vorgekommen war. Es war damals gegen Abend und er fühlte sich so verlassen und hilflos, wie es nur kranke kleine Kinder sind; da kam sie herein, geschmückt mit Seide, Blumen und Steinen und nahm ein Buch in die Hand und begann ihn daraus vorzulesen; das erschien ihm wie eine wunderbar huldvolle Herablassung, denn sie war groß und fremd für ihn. Dann aber hielt sie einen Augenblick inne und sagte, wenn er etwas aus der Mitte des Buches lieber habe, wie den Anfang, so solle er sich nicht fürchten, es zu sagen, sie wolle ihm auch aus der Mitte vorlesen. Da hatte er fast geweint, schwach und krank, wie er war. Man hatte ihm immer gesagt, es sei ein Fehler die Bücher nicht von Anfang zu lesen. Jetzt aber war es, als fände er diesen seinen Fehler in ihr, aber seltsam, wie eine Tugend, und zugleich fühlte er, daß er nicht allein sei, sondern eins mit ihr, wunderbar dasselbe, obwohl er klein und schwach und krank und sie groß und fremd und schön war. Dann las sie ihm noch lange vor, vom Jahre 59, in dem wir verrathen wurden und von unserm glücklosen Kampf mit den Preußen.

Er wußte nicht, daß zur selben Zeit auch sie sich nach ihm sehnte und auf ihn hoffte; sie hatte nach dem Tode ihres Gatten, was sie in Einem nicht gefunden hatte, in Vielem gesucht. Sie hatte die Edelsteine, die kostbaren Stoffe und die gestickten Seiden geliebt und die Schauspiele, die Folgen der Länder und die Kunstwerke der Künstler und den wechselnden Himmel mit dem wechselnden Mond und den gleichbleibenden Sternen und den großen Aufgang und den großen Untergang der Sonne. Sie liebte das Alles noch immer; doch das Alles

machte sie nur sehnsüchtiger nach neuen Herrlich=
keiten; denn sie hatte viel gesehen, und es war
ihr nichts zurückgeblieben und sie kehrte wieder
zu Einem zurück.

Aber beide fanden das Geheimnis des
Lebens nicht. Sie war wohl das Bild, das
ihm auf der Reise erschienen war; sie waren
wirklich Eins und was in ihm war, war in ihr;
aber in ihm durchzittert von der Niedrigkeit
und vom Schmerze und von der Rührung des
Lebens und in ihr wie ein Kunstwerk; er war
von der Zeit, sie war von der Ewigkeit; oder
er war ihr Leben und sie war sein Tod, und
dieser Tod und dieses Leben waren tief und
geheimnisvoll verknüpft.

Aber er konnte nicht zu ihr sterben und er
fand nicht das Wort, welches dem Tod das
Leben giebt. Sie wiederum ahnte, daß sie aus
ihm erlangen könnte, was sie ihr Leben hin=
durch gesucht hatte, zugleich aber fühlte sie sich
unendlich schwach, es ging ihr wie im Schlaf,
in dem man weiß, daß es ein Wachsein giebt
und sich nach diesem Wachsein sehnt, und sich

anstrengt aufzuwachen und nicht aufwachen kann. Manchmal, wenn sich ihre Seele so fruchtlos abmühte, erschien sie auch dem Erwin lebend; aber das war wieder ein anderes Leben und das erschreckte ihn, und es machte ihn unsicher und ängstlich, daß dabei ihre Stimme, wenn sie von den innersten Dingen sprach, in ihrer heiseren Glanzlosigkeit der seinen glich. Denn er hatte ihre Stimme und ihre Hände. Einmal gingen sie gegen Abend durch die sanfte und festliche Anmuth der italienischen Landschaft. Die Pappeln zu beiden Seiten des Weges wurden zu einer Triumhhpforte durch das farbige Weinlaub, das ihre Kronen reicher machte und sie in lässigen Ketten verband. „Das Geheimnis des Lebens,“ sagte sie, „können wir nicht lösen, weil das Leben zu reich, zu vielfältig, zu unendlich ist.“ „Wäre es wie Du sagst“, antwortete er, „so hätten wir ja Hoffnung, es aus seinem Reichthum heraus zu verstehen; es ist so grauenhaft einfach für unser alleiniges Erbtheil und das einzige Wunder darin ist unser Schicksal.“ Dann sagten sie beide, daß sie dieses Schicksal nicht verstünden. „Der Grund muß in der Seele sein," sagte er. „Nein," antwortete sie, „wir gehn durch unser Leben wie durch die Lustgärten fremder Schlösser, von fremden Dienern geführt; wir behalten und lieben die Schönheiten, die sie uns gezeigt haben, aber zu welchen sie uns führen und wie schnell sie uns vorbeiführen, hängt von ihnen ab. Zuerst sind es die Eltern, dann folgen die Andern." „Nein," sagte er, „ich glaube, das Geheimnis liegt darin: Wir sind allein, wir und unser Leben, und unsere Seele schafft unser Leben, aber unsere Seele ist nicht in uns allein." An einem Schauder empfanden beide, daß er die Wahrheit gesagt hatte; und beide fühlten sich verknüpft; aber schmerzlich, dumpf und grundlos, so wie sich jene Thiere verknüpft fühlen müssen, von denen der alte Priester dem Erwin gesprochen hatte, die durch die Künste des Chemikers künstlich an einander gebunden leben. Noch während er redete, wurde es Abend, und die Teiche, Kanäle und Bäche wurden blaßrosa, aber die Straßen, die nach allen Seiten durch die große Ebene liefen, wurden ganz weiß.

Bald darauf gingen sie auseinander; die Fürstin reiste in die Schweiz und der Erwin tiefer in Italien. Beide sahen ein, daß sie einander nicht helfen konnten. Etwas müder kehrte die Mutter zu ihren Edelsteinen, ihren kostbaren Stoffen und gestickten Seiden zurück, und zu den Schauspielen und zu den Folgen der Länder und den Kunstwerken der Künstler und zum wechselnden Mond und zu den gleichbleibenden Sternen und zum großen Aufgang und zum großen Untergang der großen lebenden für sie toten Sonne. Alles das liebte jetzt auch er, aber ganz anders wie sie; das Geheimnis des Lebens hatte sich ihm über alle Dinge und Wesen verbreitet und doch verwirrten sie ihn nicht; sie waren ihm verwandt, er war Einer von ihnen, und in jeder Schönheit, die seine Seele genoß, fühlte sie einen Schritt zur Erkenntnis. Darum sehnte er sich auf der Reise nach der weiteren Reise, nicht nur nach neuen Dingen und neuen Wesen, sondern auch auf das Ineinanderspielen ihres Daseins mit seinem Dasein, auf die Zufällig= keiten, Schmerzen und Enttäuschungen der Reise, denn auch sie waren herrlich für den Jüngling, der das väterliche Erbtheil seiner Seele lang in den Königreichen der Fremde gesucht hatte, und jetzt in unser aller Vaterland kam, und durch die Welt zog, um in ihrer Manigfaltigkeit seine Stelle zu finden.

Er reiste das Meer entlang von Capua bis Venedig. Das Meer war immer anders: manchmal war es schwarz, manchmal golden und lapuslazulifarbig, manchmal wie junger persischer Flieder, manchmal öde und weißlich und Abends, wenn es im Osten lag, war es lichtrosa und lichtgrau, silbern und lila, aber wenn es im Westen lag, dunkel wie die Flammen. Und an jedem Ort durch den er kam, sah er die Sonne auf= und untergehn; immer ergriff ihn die Unbegreiflichkeit ihrer Farbe; sie war in einem golden und safran= farbig und tief roth und tief blau.

In den Städten sah er auch viele Menschen und sprach mit ihnen und liebte sie.

An manchen Tagen fiel ihm sein ganzes bisheriges Leben ein; aber in seiner Rührung dabei war etwas von Mitleid, das man mit einem kranken, süßen häßlichen Kind hat.

Auf der Heimfahrt blieb er ein paar Tage in Venedig; es war Anfang November die Morgen waren voll weißer Nebel und das Leben an ihnen wurde licht und lautlos. Jeden Morgen, wenn er über den Platz ging, begegnete ihm ein Jüngling und ein Mädchen; sie glichen einander und waren vielleicht Geschwister. Bei seiner Abreise erinnerte er sich ihrer und wußte, daß sie für ihn bedeutsam waren, und er wäre fast umgekehrt; aber er kannte ihren Namen nicht. In einer kleinen Stadt, nahe von unsrer Grenze hielt er sich noch einen Tag auf; im Museum bewegte ihn seltsam ein Baselief aus spät griechischer Zeit: Mithras=Helios auf einem Stier brachte den Tag; aus den Nüstern des Stiers sprühte die Helle, weil sie ein Knabe mit abgewandtem

Antlitz an seiner Fackel entzündete; unten war Volk abgebildet, das über den Tag jubelte.

Am nächsten Morgen sehr früh reiste der Erwin nach Wien. Er war unruhig und fürchtete etwas zu vergessen, und weil es kalt war, trank er hastig durcheinander Thee und Cognac. Und auf einmal fiel ihm jener Abschied vor langer Zeit, vor drei Jahren, in Bruck ein, und der maßlose Reiz seines Freundes, der ihm verloren ging; als er dann auf die Bahn fuhr, wurde es gerade Tag; das Gas brannte noch, aber auf den Häusern lag der frühe Morgen, und sie waren schmerzlich und ewig, wie die Dinge, von denen man sich trennt.

In Wien studierte er ein Jahr hindurch die Wissenschaften; seine Sehnsucht nach Erkenntnis war nach der Reise stärker geworden. Er war immer allein. Und dennoch bemerkte er, daß der Wechsel von Morgen und Abend, von Regen und Sonne und der Wechsel der Jahreszeiten die Fülle der Gefühle in ihm zurückließ, die er sich von der Unendlichkeit der Schauspiele gewährt glaubte. Da wurde ihm klar, daß er nicht in der Welt seine Stelle suchen müsse, denn er selber war die Welt, gleich groß und gleich einzig wie sie; aber er studierte weiter, denn er hoffte, daß, wenn er sie erkannt hätte, ihm aus ihrem Bildniß sein Bildniß entgegen schauen würde. Einmal im November regnete es; es war derselbe Regen wie im Frühling und auch die Luft war dieselbe; und wieder wie im Frühling fühlte er Sehnsucht nach den Erlebnissen, deren Möglichkeit in ihm war. Er schritt lange durch die Straßen; erst als er durchnäßt war, ging er wieder seinem Hause zu.

Da stieg vor ihm an der Ecke zweier Gassen der Fremde vom Frühling und vom Sommer auf; sein Gesicht war verändert, es war mager verzerrt und unerbittlich geworden, nur die Bewegungen seines Körpers waren gleich geblieben. Aber jetzt war nicht mehr in ihm die lockende Zweiheit des Lebens, es war nichts mehr in ihm als eine einzige schreckliche Drohung. Und bei seinem Anblick wußte der Erwin auf einmal wer er war: Es war sein Feind, der ihn von seiner Geburt an gesucht und ihn in der Trunkenheit des Frühlings gefunden hatte und ihn seitdem verfolgte und hinter ihm herging und ihm immer näher kam und ihn endlich einholen und seine Hand auf ihn legen würde . . .

Er wollte nicht nach Haus, auch dort konnte der Feind ihn finden; er rannte durch die Gassen und kam erst gegen Morgen heim. In den folgenden Tagen verließ ihn die Angst nicht und seine Seele wurde grauenhaft öde und sie sah nichts mehr vom Leben wie einen furchtbaren Zweikampf mit dem Fremden. Aber das war nicht der Kampf des Lebens, den seine Kindheit erwartete, schön durch das Gefühl des Kampfes, da uns ja doch der Kampf nur den schönen Sieg geben kann oder das noch viel schönere Besiegtsein; bei diesem Zweikampf fühlte er nur die häßliche rathlose Furcht vor dem Tod, welcher das Ende des Kampfes ist. Es war die Furcht der Träume, in denen man auf der Straße zwischen vielen Menschen geht, und auf einmal überfällt uns unser Feind, und wir müssen mit ihm ringen; aber auf beiden Seiten gehn die Menschen weiter, und sie helfen uns nicht, denn unsere Luft, weil wir sie athmen, ist eine andere wie die ihre, und sie hören unser Schreien nicht und sehn uns und unsern Feind nicht und wir müssen allein mit ihm kämpfen.

Am dritten Tag wurde der Erwin krank; als er sich zu Bett gelegt hatte, fiel ihm der Fremde nicht mehr ein; auch die Furcht vor dem Tod war aus seiner Seele geschwunden, und statt ihrer war die alte Sehnsucht nach Erkenntnis darin, aber trocken und quälend, denn noch immer war er vom Leben durch eine andere Luft getrennt. Oft besuchten ihn seine Freunde; auch der Clemens kam, den er lange nicht gesehen hatte; der war Lieutenant geworden. Aber besonders seine Besuche waren peinlich für den Erwin; denn der Erwin empfand alle Farben seines Reizes, aber nicht mit dem Werth von früher sondern seltsam gleichgültig, als gingen sie ihn nichts an.

Jeden Tag nahm die Dürre seiner Seele zu und mit ihr wurde die Sehnsucht nach Er=

kenntnis trockener und quälender; jeden Tag sehnte er sich mehr nach dem Regen, wie er an jenem Abend gewesen war.

Einmal schlief er ein und träumte. Da erschien ihm Jemand und er wußte nicht genau ob es der Clemens war oder jener Lieutenant, der einst mit ihm nach Bozen fuhr; er litt unter dieser Ungewißheit; flehend bat er die Erscheinung sich zu nennen. Aber sie verschwand. Dann war der Erwin in einer Eisenbahnstation und wartete; da kam unter großem Lärm ein Zug in die Halle gefahren aus dessen Fenstern viele Menschen schauten; sie hatten die Gesichter derer die reisen, ihre Farbe war weiß und ihre Augen leuchteten, aber unter ihren Augen lag Kohlenstaub. Es waren Viele, sehr Viele und Alle waren unter ihnen, die er gekannt hatte, nur die Frauen nicht, und Viele andere, die er nicht kannte; dann waren sie einander wieder seltsam ähnlich.

Und mit einem Mal riefen ihn Alle bei seinem Namen und er wußte, daß auf diesen

Ruf die Erkenntnis folgen müsse, und er wurde sehr froh.

Aber mitten in seiner Freude wachte er auf, denn es kam jemand um zu heizen. Während des Tages hatte er das Bewußtsein auf etwas zu warten, doch weil er starkes Fieber hatte, wußte er nicht genau, ob er auf den Regen wartete, nach dem er sich gesehnt hatte, oder auf den Schlaf, um im Traum zu erkennen.

Aber es regnete nicht, er schlief auch nicht ein.

So starb der Fürst, ohne erkannt zu haben.